(Par M. de Fortia-Piles.)

(Par M. de Fortia-Piles.)

UN MOT

SUR

QUATRE MOTS,

PAR M. LE COMTE DE Fortia Piles,

AUTEUR DU NOUVEAU DICTIONNAIRE FRANÇAIS.

L'exagération en bien n'est jamais un crime.

(Page 5.)

PRIX : 5o CENTIMES.

IMPRIMERIE PORTHMANN,

RUE Ste.-ANNE, N°. 43, VIS-A-VIS LA RUE VILLEDOT.

5o MARS 1820.

Chez
PORTHMANN, rue Sainte-Anne, n°. 43 ;
DENTU,
PÉLICIER, } Libraires, au Palais-Royal.
DELAUNAY,

LE NOUVEAU DICTIONNAIRE FRANÇAIS,

Volume in-8°. de 600 *pages, cicéro plein,*

8 FRANCS, et 10 FRANCS PAR LA POSTE.

UN MOT SUR LA CHARTE et LE
GOUVERNEMENT REPRÉSENTATIF,

Prix : 50 centimes.

UN MOT SUR LES ARMÉES ÉTRANGÈRES
ET LES TROUPES SUISSES.

Prix : 50 centimes.

UN MOT SUR LES MŒURS PUBLIQUES.

Prix : 50 centimes.

UN MOT

SUR

QUATRE MOTS.

IMMOBILES.

ENCORE un mot inventé par les libéraux pour essayer de rendre ridicules des hommes dont les sentimens et la conduite les font rougir; ils se vengent à leur manière., c'est-à-dire méchamment, et encore plus bêtement; car cette épithète honore les véritables serviteurs du Roi, et nous en tirons vanité. Oui, nous sommes immobiles dans notre amour pour le souverain et sa dynastie; dans nos principes d'honneur et de fidélité; dans notre respect pour la religion et ses ministres; comme ceux qui ont imaginé ce qu'ils croient une sanglante épigramme, sont immobiles dans leurs coupables doctrines et leurs criminels projets.

Ce mot a paru pour la première fois en 1819 ou à la fin de 1818, dans le journal du Commerce, devenu *le Constitutionnel*, depuis long-temps en possession de recueillir toutes les sottises qui échappent aux indépendans, et sa besogne n'est pas mince (1).

On a voulu me persuader que cet article était de M. le comte de Ségur; je n'ai pu le croire par trois raisons, comme M. *Pincé :* 1°. M. de S. est reconnu généralement pour un homme d'esprit; 2°. il ne peut avoir oublié que son père a été fait maréchal de France par Louis XVI, et qu'il a été sept ans l'un de ses ministres; 3°. il se souvient sans doute qu'à peine âgé de 30 ans, il a été nommé ministre plénipotentiaire en Russie; que c'était pour un homme d'esprit, pour un littérateur, la plus agréable de toutes les missions diplomatiques, en ce qu'elle le mettait en relation avec le souverain (on peut la traiter en homme) dont la société devait flatter davantage son amour-propre; qu'il a eu l'honneur d'accompagner, Catherine dans son fameux voyage de Crimée, dont jamais on ne reverra

----

(1) Il est aidé aujourd'hui par quelques autres, dont l'un (*la Renommée*) est rédigé par des responsables de *la Minerve*; c'est tout dire. Cette feuille a été baptisée aussi ridiculement que le libelle semi-périodique. Rien n'est moins renommé que *la Renommée*, comme la déesse de la sagesse est une enseigne bien comique pour *la Minerve*, dont les rédacteurs seraient trop heureux, s'ils n'étaient que des fous : car, comme on sait, *la folie est un mal qui doit se pardonner.*

le pareil, et qui fera époque dans l'histoire. Par ces trois raisons, M. de S. ne peut être ni l'auteur ni l'éditeur d'une telle platitude (1) : d'après la première, il aurait cessé d'être un homme d'esprit; d'après les deux autres, il se serait rendu coupable d'ingratitude envers son souverain. Or, M. de S. ne saurait pécher par l'esprit, et moins encore par le cœur : ce n'est pas parce que j'ai l'honneur de lui appartenir par Madame de S., que je prends sa défense : je la prendrais de même quand il me serait étranger.

LETTRES DE CACHET.

Prononcer aujourd'hui ce mot, c'est nous reporter à un demi-siècle; cependant comme la loi

---

(1) On croirait ce mot le *nec plus ultrà* du ridicule ; les libéraux, qui en ont reculé indéfiniment les limites, ont inventé celui de *monarchiques* ; ainsi, des monarchiques sont déplacés dans une monarchie. Cette inconcevable bêtise était réservée aux jacobins de 1819 : ceux de 1792, qui n'étaient *des aigles* que par le bec et les serres, n'avaient pas imaginé de faire un crime d'être républicains dans une république : il est vrai que s'étant aperçus de leur sottise, ils ont vîte ajouté leur mot d'*ultrà*, qui en est une encore plus lourde, parce que l'exagération en bien n'est jamais un crime. Béni soit le mot *canaille*, auquel il n'est besoin de rien ajouter !

qui vient d'être rendue sur la liberté individuelle ramènera sans doute les esprits à cette antique mesure de police, je crois pouvoir me permettre sur ce sujet quelques observations.

Le préjugé qui rend pour ainsi dire les familles responsables du crime d'un de leurs membres, n'est pas éteint et ne le sera jamais entièrement. Ce n'est point un mal; l'anéantissement total de ce préjugé amènerait une indifférence dont les effets seraient déplorables : il deviendrait à-peu-près égal à telle famille qu'un de ses membres se déshonorât, puisque la honte attachée au crime l'atteindrait seul. Ce serait une porte de plus ouverte à l'égoïsme, et franchement, il y en a déjà trop. Le préjugé, en faisant partager à un père l'opprobre d'un grand crime commis par son fils, a voulu que les pères fussent personnellement intéressés à l'honneur de leurs enfans, qu'ils veillassent continuellement sur leur conduite, qu'ils leur donnassent une éducation capable de les éloigner toute leur vie de certains écarts inexcusables ; et le préjugé a eu raison (1).

______

(1) Un autre bien autrement extraordinaire est celui qui punit les maris de *certains torts* de leurs femmes : cette responsabilité, qui paraît complètement ridicule, a eu pour but de forcer les maris à veiller non-seulement sur la conduite de leurs moi-

L'abus des lettres de cachet a été porté beaucoup trop loin; cependant on peut dire que pendant le demi-siècle qui a précédé la révolution, leur nombre a été beaucoup moins grand qu'on ne le croit communément. Cette mesure aurait présenté un grand avantage et nul inconvénient, si les ministres, et à plus forte raison les intendans, n'avaient pas eu la faculté d'en délivrer, pour ainsi dire, à leur gré. Il aurait fallu qu'une commission composée de trois hommes distingués par leurs lumières, leur probité, jouissant de l'estime universelle (par exemple, MM. de Nivernois, de Malesherbes et Angran) fussent les juges suprêmes sur cet objet. Leur avis unanime aurait motivé la lettre de cachet et fixé la durée de la détention : même avec l'arbitraire qui régnait dans cette violente mesure, combien de familles out été sauvées par elle (1) !

---

tiés, mais sur la leur propre; car il est constant que sur cent femmes qui se conduisent mal, quatre-vingts se sont décidées à ce parti violent par l'indifférence ou la mauvaise conduite de leurs maris. Sans doute, il ne faut pas attacher trop d'importance à *ce malheur-là* : mais, loin d'y en attacher aucune, nous en rions ; nous en faisons un jeu ; or, cette insouciance extrême pour une chose dont les suites peuvent devenir très-sérieuses, n'est point une preuve d'amélioration dans nos mœurs, quoi qu'en dise M. de la Fayette.

(1) On pourrait citer parmi les personnes *séques-*

La grande maxime philosophique veut que tous les coupables du même crime soient également punis : autrefois c'eût été un grand vice dans la législation. Le crime d'un homme du peuple, et celui d'un homme tenant à une grande famille, avaient des suites bien différentes. Ce dernier entachait tous ses parens *innocens*, peut-être pour toujours : le premier était frappé seul : les peines n'étaient donc pas égales. Une lettre de cachet séquestrait le gentilhomme de la société, et conservait l'honneur de la famille. Aujourd'hui que l'on marche à grands pas vers l'égalité absolue, ce moyen ne saurait exister. Nous voyons des avocats, des procureurs, des apothicaires, membres de la Chambre des pairs, des gentilshommes commis dans les administrations, ou employés dans les tabacs et les droits réunis. C'est un acheminement vers cette égalité chimérique ; mais nous n'y sommes pas arrivés.

On a écrit que la Bastille était encombrée

---

trées par grâce dans les quarante ans qui ont précédé la révolution, M. le duc d'..., M. le comte de M., même le fameux Mirabeau, qui n'en a pas moins écrit contr'elles un gros livre, dont la partie la plus importante (ce qui tient à la jurisprudence) n'est pas de lui, mais de M. Baudouin, maître des requêtes.

de prisonniers, lorsque le 14 juillet en a ouvert les portes : ils étaient *cinq*, et la moins coupable de ces *infortunées victimes* aurait mérité une peine bien plus rigoureuse. Pourrait-on en dire autant des prisonniers de Vincennes, et des autres bastilles disséminées dans le royaume ?

Deux exemples très-remarquables prouvent qu'avant la révolution, la sévérité du préjugé qui rendait les familles responsables du crime d'un de leurs membres, s'adoucissait, quelquefois, à l'égard de ceux qui en étaient dignes. Ces deux événemens se sont passés à Marseille et à Aix.

En 1785, le commandeur de Fran....., ancien militaire décoré, dont la réputation n'avait jamais souffert la moindre atteinte, ayant à régler des affaires d'intérêt avec madame de B...; en même temps fille de sa femme et femme de son frère, se porta à un crime affreux: comme elle revenait d'un bal, en chaise à porteurs, au moment où la chaise s'arrêtait devant sa porte, il lui tira par derrière un coup de tromblon, dont la charge entière l'atteignit et la tua sur le champ. Les soupçons s'étant portés sur lui, il fut arrêté (1) : conduit en prison, le

____

(1) Une demi-heure après la sortie de Madame de

concierge eut ordre de lui donner son *nécessaire*,
c'est-à-dire, ce dont il avait besoin : on lui donna
son nécessaire de toilette : il se coupa le cou
avec deux rasoirs. La procédure tomba : son
corps subit la peine des suicides.

Un neveu de son nom servait dans Royal
infanterie : consterné de cet affreux événement,
il voulut se retirer ; ses camarades en corps,
ayant su son projet, lui dirent que connaissant
sa position, et certains que le service lui était
nécessaire dans le fâcheux état de sa fortune,
ils ne consentaient point à sa retraite ; qu'ils
n'auraient pas l'injustice de le rendre responsa-
ble du crime de son oncle ; qu'ils l'aimaient et
l'estimaient, et que puisqu'ils voulaient le garder
avec eux, personne n'avait le droit d'y trouver

B., quelqu'un vint au bal donner la nouvelle de cet
assassinat : la consternation et l'effroi furent ex-
trêmes. Une femme s'écria : *C'est le c* ! Son voisin
n'eut que le temps de lui fermer la bouche, en lui disant : *Mon Dieu! Madame, qu'allez-vous dire? Taisez-
vous donc.* Deux ou trois heures après le meurtre
commis, c'est à dire en pleine nuit, un magistrat,
ami du commandeur, en reçut une lettre, où il ra-
contait l'affreux attentat qui venait de lui enlever sa
belle fille ; il demandait ce qu'il avait à faire dans une
circonstance aussi cruelle, et quelles formalités il avait
à remplir : c'est être doué d'un beau sang froid.

à redire. M. de F... ne put se refuser à une distinction aussi flatteuse, et qu'il méritait. Il resta dans son corps, et il y était capitaine-commandant à la dissolution de l'armée.

L'année suivante, le jour même que le roi de Suède passa par Aix, et qu'on lança un ballon pour lui, un crime plus horrible encore vint jeter l'effroi dans cette ville. M. d'Entr., fils et petit-fils de présidens au parlement (vivans), président lui-même en survivance, assassina sa femme; quoique fort jeune, il avait le sang froid d'un scélérat consommé : il écrivit lui-même les lettres de part (1) : sa douleur semblait si naturelle, que plusieurs membres du parlement y furent trompés, et n'osèrent jeter

---

(1) J'étais alors à Nanci en garnison : M. de Castellane, mon camarade, parent de d'E. par sa femme, me demanda si j'avais reçu des lettres de Provence : *Non. — J'en reçois une; lis.* Je lis une lettre de part, conçue dans les termes ordinaires, écrite de la main du mari. Deux jours après, je lui dis : *Je reçois une lettre de Provence. — Moi aussi; que te mande-t-on? — Que c'est d'E. qui a tué sa femme. — A moi de même.* Au bout de quarante-huit heures, ce n'était plus un secret. Ce monstre avait soupé avec beaucoup de monde, joué au trictrac, n'avait pas fait une faute, et s'était retiré à minuit : à une heure, sa femme n'existait plus.

leurs soupçons sur lui (1). Cependant le matin du troisième jour, la voix publique l'accusant hautement, un de ses parens fut le trouver, et lui dit : *Toute la ville vous accuse : si vous êtes coupable, malheureux, partez sur le champ: voilà cent louis : dans une heure vous allez être arrêté.* M. d'E. se troubla, prit les cent louis, et consentit à partir. M. Rey, de Marseille, son parent, fut prié instamment par la famille de l'accompagner à Nice ; il voulut bien se charger de cette affreuse corvée : il ne lui adressa pas la parole pendant la route, et frémissait de le toucher : arrivés à Nice, il le descendit à l'auberge et repartit sur le champ.

De Nice, M. d'E. se rendit à Gênes et se présenta chez le marquis de Monteil, envoyé de France ; il lui demanda un passe-port pour s'embarquer sur un bâtiment qui partait le lende-

____

(1) Tous les magistrats ne furent pas ses dupes ; M. de Saint-Suffren, lieutenant-criminel, fit sa descente chez lui ; en l'abordant, il lui témoigna la part qu'il prenait à cet affreux événement, et lui toucha la main ; il se retourna vers son secrétaire, et fit un signe qui voulait dire : *C'est lui !* En effet, il est bien difficile qu'un assassin, lorsque sa main se trouve dans celle du lieutenant-criminel, n'éprouve pas une commotion involontaire, qui n'échappe pas à l'homme qui sait son métier.

main pour Lisbonne. Le ministre l'engagea à venir à la comédie, et lui dit qu'ensuite on l'expédierait : M. d'E. n'osa point refuser, quoique ce retard le fît trembler, se doutant bien qu'il arriverait incessamment d'Aix des ordres pour l'arrêter. Après le spectacle, son passe-port fut expédié, et le lendemain il mit à la voile; peu d'heures après, l'ordre du procureur-général du parlement arriva; il n'était plus temps.

Le hasard voulut qu'il partît deux jours après un second bâtiment pour Lisbonne : le capitaine fut chargé du paquet pour le chef de la police de cette ville, afin qu'il fît les recherches nécessaires pour s'assurer du coupable, qui devait être débarqué depuis peu ; mais par un hasard bien plus extraordinaire, le premier vaisseau fut pris par un calme plat, qui le força de demeurer en panne dans le golfe de Grimaud, où M. d'E. eut en vue pendant 48 heures le château du marquis de Castellane, son beau-père, situé à une demi-lieue de la mer. Le second vaisseau n'ayant point éprouvé de calme, arriva à Lisbonne le premier.

Un Français, attaché à la police, eut ordre de se rendre à bord du bâtiment désigné, et de s'emparer de la personne de l'assassin, dès qu'il entrerait dans le port, ce qui ne tarda pas.

L'ayant reconnu sur le champ, d'après son signalement, il lia conversation avec lui, et comme français, s'offrit pour le conduire dans une auberge, ce qu'il accepta. Sortis du vaisseau, ils cheminèrent long-temps dans la ville; M. d'E. trouvant la route bien longue, s'en plaignit à son conducteur qui répondit: *Nous y sommes dans l'instant.* En effet, ils entrèrent dans une cour très-obscure, entourée de fenêtres grillées; cette vue effraya le criminel, qui s'écria: *Mais ceci a l'air d'une prison*; le conducteur n'ayant plus à dissimuler, lui dit: *C'est la demeure destinée à M. d'E.* Consterné de s'entendre nommer, il pâlit, balbutia et dit: *Mon dieu! que puis-je avoir déjà fait au Gouvernement Portugais? J'arrive. — Aussi est-ce sur la demande de la France que vous êtes arrêté.* Peu de temps après, le Gouvernement français le redemanda; il fut refusé: ce scélérat mourut en prison de maladie au bout de quelques semaines (1). Pendant ce temps on ins-

____

(1) Le bruit a couru, dans le temps, qu'il n'était pas mort, et qu'on l'avait laissé partir pour l'Amérique: le consul de France à Lisbonne l'a *vu* mort. D'ailleurs, la révolution a décidé la question; s'il eût vécu, nous l'aurions revu en France, et, selon toute apparence, membre de la Convention.

M. d'E. avait paru un instant au régiment du Roi:

truisait son procès à Aix par coutumace : il fut rompu en effigie. Son oncle, capitaine de vaisseau, continua de servir dans la marine, par ordre exprès du roi, qui lui confia le commandement des vaisseaux envoyés à la recherche de l'infortuné la Peyrouse : il mourut pendant cette expédition. Voilà donc le roi et un corps d'officiers qui ont fait taire le préjugé en faveur de deux hommes estimables, que le crime d'un parent proche n'a point entachés aux yeux du public.

RÉGICIDES.

Si ces hommes souillés du plus épouvantable forfait, avaient eu un moment lucide, ils se seraient voués, au retour du Roi, à une obscurité tellement profonde, que ne les voyant plus, il fût

---

destiné à la robe, il le quitta à dix-huit ans. Un de ses grands plaisirs était de prendre des oiseaux, de leur couper les pattes, de leur crever les yeux et de jouir de leurs tourmens : ses camarades lui en ont fait souvent de vifs reproches, l'ont même menacé, s'il continuait ce cruel passe-temps, de prier leur chef de l'engager, au premier congé qu'il aurait, à rester chez lui. Il y a loin sans doute de là à tuer sa femme, dans son lit, à coups de rasoir : mais un jeune homme possédé de cette espèce de rage ne peut pas bien finir. Si j'avais un fils dans ce genre, sourd à toutes mes remontrances, je prierais Dieu de me l'enlever.

devenu possible de les oublier. Point du tout ;
fidèles à leur système d'impudence, ils se sont
donnés en spectacle, ont appelé sur eux les re-
gards de la France, et auraient ajouté à leur
opprobre, s'ils n'avaient pas atteint au 21 jan-
vier le dernier terme de l'infamie et de la scélératesse. On a vu des régicides ministres et
députés pendant les cent jours : on en a même
vu *après*, et c'est ce que les jacobins ont remarqué avec tant de complaisance ; ici, j'en
suis désespéré, il n'y a *rien* à leur répliquer.

Le département de l'Isère en nomme un député ; un autre, montagnard des plus féroces,
rentre en France, quoique non rappelé : ces
deux derniers trouvent des apologistes, des dé-
fenseurs. Les journalistes libéraux qualifient
Grégoire et le Carpentier de *vertueux* : il est
vrai que sous la plume de ces vils folliculaires,
vertueux et scélérats sont synonymes.

L'histoire conservera les noms de tous ces protecteurs du crime, de quelque classe et de quelque état qu'ils soient. Notre génération, par la
connaissance qu'elle a de leurs personnes, en
trouvera peut-être quelques-uns de moins inexcusables ; mais la postérité qui ne les connaîtra
que par leurs œuvres, sera plus sévère. Elle
regardera tous ceux qui ont osé rappeler, pro-
téger ouvertement des monstres couverts du
sang

sang de leur Roi, comme capables de les avoir imités, s'ils avaient fait partie de l'effroyable tribunal. La sévérité de cette sentence est inévitable, et doit faire frémir ceux qui l'ont appelée sur leur mémoire : quant à moi, je demande la permission de devancer la postérité.

Le plus puissant argument en faveur des régicides, est celui-ci : *on n'est jamais coupable avant d'être jugé* (1), c'est-à-dire qu'on ne doit pas être puni ; car, lorsque le crime est patent, on est coupable aux yeux du public, si ce n'est aux yeux de la loi : mais je vais plus loin ; j'accorde que les régicides n'étant point jugés, ne sont pas encore coupables ; il n'est pas défendu de s'en assurer ; leur crime ne prescrit pas, selon le fameux *Merlin* qui a consacré cette jurisprudence en 1784, et je crois qu'on peut s'en rapporter aveuglément à lui,

––––––––––

(1) Par conséquent, *Louvel* ne l'est pas encore !!! Au reste, Ravaillac, Damiens et lui, ont eu besoin d'une sorte de courage et de faire le sacrifice de leur vie pour consommer leurs affreux attentats : ils devaient regarder la mort comme inévitable, et les deux premiers, la mort la plus horrible. Les conventionnels, certains *de l'impunité*, ont frappé *sans danger* une victime *innocente* et sans défense. Ils sont PLUS LÂCHES que les trois monstres désignés ci-dessus : voilà les hommes qui ont trouvé des *protecteurs* !

pour tout ce qui a trait aux lois et aux crimes (1).
Que faut-il donc faire? Le voici.

Les régicides encore hors de France y rentreront, et s'arrêteront dans le chef-lieu du département frontière : ils se présenteront au préfet, ainsi que ceux qui sont demeurés en France ou qui y sont rentrés. Là ils seront tenus de répondre cathégoriquement aux questions suivantes, et d'opter pour l'une des deux propositions : *Consentez-vous à vous regarder comme coupable, et à vous bannir volontairement de France, sous peine de mort, si vous y reparaissez, et sans autre formalité que l'identité reconnue ?* Ou bien : *Voulez-vous courir les risques d'un jugement ? Si vous êtes innocent, vous serez libre et jouirez de tous les droits de citoyen : si vous êtes coupable, vous irez à l'échafaud : décidez-vous.* Ceux qui opteraient pour le bannissement sortiraient du royaume à une époque déterminée, *avec leurs familles,*

---

(1) En 1804, ce jurisconsulte s'expliqua plus clairement encore sur le régicide et sur *sa non-prescription*. Il voulait établir que le meurtre de Bonaparte *existant* eût été bien autrement criminel que celui de Louis XVI, qui n'existait plus : il a donc consacré le principe : ce qui est d'autant plus remarquable sous sa plume, qu'il a écrit sa propre condamnation.

emporteraient tout ce qu'ils ont, et vendraient leurs immeubles dans un délai fixé; les autres qui consentiraient à être jugés, seraient mis entre les mains de la gendarmerie, et conduits à Paris, où la Cour d'assises prononcerait sur leur sort. La mesure que je propose, concilie la justice et les égards dus à ces *infortunés*, dont l'innocence gémit dans un exil qui n'est réellement pas fait pour eux, et qu'ils seront les maîtres de faire cesser. Si l'on se décidait à employer cette mesure, je suis persuadé que la Cour d'assises aurait beaucoup de *juges* à *juger*, vu l'intime conviction où sont ces braves gens, qu'ils n'ont commis qu'une *peccadille*, d'après l'opinion des rédacteurs de la *Minerve*, des *Lettres normandes*, *de la Bibliothèque historique* et autres journaux *ejusdem farinæ*, appuyés de l'extrême gauche de la Chambre des Députés : avec des autorités aussi respectables (car ce sont autant de pères de l'église) aucun ne voudra sortir...... de ce monde.

Moins d'un an avant le meurtre de Louis XVI, l'univers avait eu l'affreux spectacle d'un autre roi assassiné (Gustave III). Quatre de ses meurtriers, par un effet de la clémence du roi mourant, ont été bannis de Suède : cet exil dure depuis près de trente ans : comment les libéraux suédois n'ont-ils pas déjà présenté leur requête aux états, pour rappeler ces infortunées victimes? On voit que nos libéraux ont été plus pressés. Personne en Suède n'a osé intercéder auprès des successeurs de Gustave, même auprès du roi régnant qui ne lui est rien ; et cependant les régicides suédois souillés du plus grand des crimes, sont moins criminels que les régicides français, qui, à l'atrocité du forfait, ont joint l'atrocité des formes (1).

On rencontre journellement de bonnes gens, honnêtes, probes, mais qui déraisonnent à faire pitié. Après une conversation d'un quart d'heure sur les régicides, sur Grégoire et compagnie, ils vous disent avec attendrissement : *Que voulez-vous ? à tout péché miséricorde.* Je ne crois pas qu'il soit possible de lâcher une plus lourde

______

(1) La majorité prétendue *saine* de la Convention, en rejetant l'appel au peuple, a lavé la nation de l'affreux soupçon qui aurait pu peser sur elle. Si les régicides avaient dû compter sur l'assentiment de la majorité des Français, ils n'auraient pas manqué de la lier à leur cause et de la rendre complice de leur forfait ; le jugement de ces misérables tel que je le propose, s'ils osaient le braver, et s'il leur était défavorable, comme il est permis de le supposer, apporterait une nouvelle preuve que la nation a eu horreur de ce crime exécrable : les jurés représenteraient la France, autant que la chose serait possible aujourd'hui.

sottise. Dans le cas dont il s'agit, cette sentence ne saurait regarder que Dieu seul ; parce que sa puissance et sa miséricorde étant infinies, aucun crime n'est à jamais irrémissible à ses yeux. Quant aux hommes, il est des crimes qu'il ne dépend pas d'eux de pardonner ; et parmi ces crimes, le régicide et le parricide tiennent le premier rang. La loi les condamne au même supplice, parce qu'elle considère avec raison les rois comme les pères de leurs sujets. Citerait-on beaucoup d'exemples d'assassins reconnus de leurs parens qui aient été absous ? Le régicide peut, à la vérité, échapper au supplice, et nous en avons sous les yeux l'effrayante preuve : ce sera alors un crime impuni, mais ce ne sera jamais un crime pardonné : ce pardon, je le répète, est réservé à Dieu *seul*, parce que le repentir étant indispensable, Dieu *seul* peut être juge de sa sincérité.

Les libéraux ont regardé comme un triomphe la nomination de beaucoup de députés des cent jours, jusqu'à celle du prêtre apostat et régicide. Que sont donc les libéraux qui disent vouloir le Roi et la Charte ? Des ennemis de l'un et de l'autre, des traîtres, des menteurs, puisqu'ils se félicitent des mêmes choix qui ont été faits, lorsqu'il n'existait plus ni Charte ni Roi. S'ils pouvaient répondre à cet argument sans colère, sans aigreur, sans injures, ils me feraient grand plaisir.

L'élection de Grégoire, dans le département de l'Isère, et ce qui l'a suivie, a démontré quel est l'esprit de ce département, et achèverait de justifier le général Donadieu, si sa conduite avait besoin de justification, quoique les journaux jacobins et ministériels en aient tiré la conséquence directement contraire. Le collége électoral de Grenoble a rendu un bien mauvais service à ce *vertueux* vieillard. L'opinion publique sommeillait à son égard ; on l'a réveillée. *Le Moniteur* a été compulsé : qu'y a-t-on trouvé ? Les journaux en ont instruit l'Europe.

Le Moniteur est aujourd'hui pour beaucoup *d'honnêtes gens* le plus inexorable des accusateurs ; il dévoile impitoyablement leur ancienne turpitude cachée sous un masque, dont ce journal, vrai dépôt des archives infernales, fera disparaître jusqu'à la trace. Grâce à cet effrayant recueil de crimes et de blasphêmes, dont l'anéantissement, s'il était possible, serait acheté par tant de millions *volés*, les monstres qui cherchent à recommencer la révolution, en n'ayant à la bouche que les mots de constitution, de morale, de liberté, de charte, etc., se montreront dans leur affreuse nudité.

De même qu'en 1789, les nobles brûlaient

eux-mêmes leurs châteaux , de même en 1819,
les royalistes ont fait élire un régicide. Le cours
du temps ne change rien : les mêmes hommes
doivent dire les mêmes sottises, et la nation la
plus éclairée du monde doit toujours offrir quelques milliers d'automates pour avaler d'aussi dé-
goûtantes calomnies. Mais, en accordant que
la masse des royalistes ait eu le tort de faire
élire Grégoire, les royalistes de la chambre ont
réparé ce tort de leur mieux ; car on ne peut leur
ôter le mérite d'avoir chassé ce misérable d'une
assemblée, où, malgré son impudence et les en-
couragemens de ses dignes amis, il n'a pas osé
paraître. Il a agi très-sagement ; toute la pro-
tection jacobine ne l'aurait pas soustrait à des
désagrémens très-marqués ; on aurait peut-être
rappelé quelqu'un à l'ordre ; mais la pilulle, sans
être dorée, aurait été avalée par le prélat *principe* (1), (je ne sais plus quel homme d'esprit a
accouché de cette platitude). Les royalistes
n'ont cependant pas remporté une victoire aussi
complète qu'ils l'auraient dû : selon l'usage ac-
tuel, on a hésité, tergiversé, *lanterné*, pris des
mitaines, pour faire le rapport de la commis-

---

(1) Quand Pourceaugnac reçut un soufflet du gentilhomme périgourdin, il lui dit bien *son fait* ; mais
il garda le soufflet.

sion sur l'admission du quatrième député de l'I-
sère ; M. de Marcellus avait franchement abordé
la question : *Point de régicide !* il fallait s'en
tenir là, sans parler des formes de l'élection ;
est-ce qu'il devait être question de formes dans
un cas pareil? On a remarqué que l'extrême
gauche a eu assez de *vergogne* pour que personne ne se soit levé à la contr'épreuve ; il y
en a pourtant dans le nombre qui ne pèchent
pas par là. Cette fois, ils se sont contentés de
parler ; le Cicéron des Basses-Alpes, qui, ainsi
que tous les autres, aurait dû se taire et ne pas
défendre une cause aussi révoltante, a énoncé
une opinion favorable au *vertueux* prélat, qui,
pour le fond et pour la forme, était également
digne du protecteur et du protégé.

Croirait-on que dans la société, dans ce
qu'on nomme la bonne compagnie, on rencontre
des gens qui s'appitoyent sur ce *pauvre* Grégoire, qui le plaignent (1)? *C'est un brave*

____

(1) On dit aussi, pour la centième fois, qu'il n'a
pas *volé*. On a répliqué à cette sottise qu'il a fait *pis*,
et on l'a démontré. On ajoute : G. n'a tué personne.
Marat et Robespierre n'ont pas, que je sache, tué de
leur main ; ce sont donc de *braves gens*. Marat doit
cependant avoir tué quelqu'un, en qualité de méde-
cin : mais ce cas n'est pas prévu par le Code.

homme, dit-on, *il est bienfaisant, charitable,
il donne beaucoup.* J'ai entendu raconter plusieurs traits de bienfaisance, même de générosité, du fameux *Mandrin :* je doute pourtant
qu'aucun membre du côté gauche se vît avec
plaisir assis à côté de lui. Je ne dirai pas que
j'aime mieux le voleur de grand chemin que le
prêtre régicide, parce que je ne les aime ni
l'un ni l'autre : je dirai seulement que j'exècre
un peu moins le premier.

TERRE-NEUVE.

Cette île du Nouveau-Monde n'était connue
que par les cargaisons de morues que nous en
recevions annuellement depuis si long-temps.
Aujourd'hui, elle nous fournit quelque chose
de moins agréable aux gourmands, mais de bien
plus précieux pour l'humanité. Je veux parler
de ses chiens, dont le gouvernement a fait venir
plusieurs couples ; on sait que ces animaux sont
doués d'un instinct admirable pour sauver les
gens qui ont le malheur de tomber dans l'eau.

Je suis persuadé qu'il n'existe pas un jacobin
qui ne se croie fort au-dessus d'un chien de
Terre-Neuve ; et cependant, quelle prodigieuse
distance sépare deux êtres dont l'un n'est occupé qu'à détruire, et l'autre qu'à conserver !

Un individu ne doit être estimé qu'en raison de son utilité ; or, *le quadrupède*, éminemment utile, est préférable au *bipède* dangereux et malfaisant : de ces deux animaux, le raisonnable n'est pas l'Européen. Je le demande à tout homme de bonne foi ; avec qui préférerait-il de vivre, *des citoyens Grégoire et Barrère*, *ou de deux couples de Terre-Neuve?* Les opinions extraordinaires, même en apparence, doivent être motivées : je vais donc motiver celle-ci.

Le curé-prélat-Grégoire a commencé par prêter le serment : mais ce n'est là qu'une *espiéglerie*, que le repentir aurait pu effacer, qui d'ailleurs ne frappait que lui : au lieu que ses autres crimes sont irréparables. Membre de la Convention, il fut assez heureux pour se trouver en mission à cent cinquante lieues de Paris lorsqu'on jugea le Roi. L'homme le plus stupide aurait profité de son éloignement pour garder un silence dont il aurait pu tirer un grand parti dans la suite, en disant aux votans et aux non-votans : *Si j'eusse été présent au jugement, j'aurais voté comme vous*. Plusieurs de ses collègues, aussi en mission, n'ont pas commis la même faute, et j'en connais qui ne sont pas à s'en féliciter. Mais la férocité, innée dans l'ame de ce prêtre détestable, l'a emporté sur toute autre considération, et il a envoyé très-librement son vote à la Convention, conçu dans les termes les plus révoltans, et accompagné des réflexions les plus horribles : *le Moniteur* les a recueillies, et les journaux les ont transcrites dans toute leur intégrité. Or, le curé-prélat n'ayant pas eu même la honteuse excuse des membres présens, la crainte des poignards, est plus criminel dans sa froide atrocité, que les conventionnels dont le vote a compté. Il est donc *pis* qu'un régicide. Je voudrais que l'Académie, dans son *Dictionnaire*, s'il paraît jamais, nous donnât un mot pour désigner celui qui *est pis qu'un régicide :* j'avoue que je n'en connais pas (1).

Le même curé-prélat a été, par ses perfides écrits, l'une des causes, peut-être la principale de la révolte des nègres à Saint-Domingue, et conséquemment, des incendies, des dévasta-

---

(1) Etre pis qu'un régicide, porté et prôné par les jacobins, c'est le dernier terme de la scélératesse et de la turpitude que l'homme puisse atteindre. Il ne manquait plus au député de l'Isère que de devenir chef de secte : nous avons les *Grégoriens Turlupins.* Ces derniers existaient dans le quatorzième siècle; Bayle démontre que nos jacobins les imitent servilement : on les appelait *vilains et infames :* la ressemblance est

tions, des innombrables massacres qui en ont été la suite inévitable. C'est un tigre blanc qui en a déchaîné des milliers de noirs : voilà pour un ; passons à l'autre.

Le citoyen Bertrand-Barrère de Vieuzac, conventionnel, régicide, a été membre de l'affreux comité de salut public qui a couvert la France de bastilles et d'échafauds ; collègue de Robespierre, il a été aussi féroce et aussi criminel ; mais plus heureux, puisqu'il existe, si toutefois c'est un bonheur d'exister, lorsqu'on a assassiné son roi et des milliers de ses concitoyens, de tout sexe et de tout âge. On lui doit cette phrase épouvantable : *Qu'on battait monnaie sur la place de la Révolution;* parce que l'on confisquait le bien de ceux qu'on y égorgeait tous les jours. Si Satan sortait de l'enfer, en dirait-il davantage ? Or, les deux personnages sont bien connus, les faits sont incontestables. Je m'interdis toute réflexion ; mais qu'on

---

parfaite. Si réellement il existe des individus qui aient pris pour patron un ex-prêtre souillé du forfait le plus épouvantable, qui adoptent ses affreux principes, plaignons la nation qui fournit des êtres assez malheureusement nés pour se ranger sous la bannière du plus criminel et du plus exécrable des hommes ; pour se dévouer volontairement, eux et leur mémoire, à un opprobre éternel.

me permette une question : de ces deux couples, lequel a le mieux mérité de l'humanité ; du couple de régicides et d'assassins de plusieurs milliers d'hommes, ou du couple de Terre-Neuve, s'il a retiré seulement deux hommes de l'eau ?

Je m'attends à être accusé de comparer les jacobins à des chiens : il est donc à propos que je m'explique le plus clairement possible. Les jacobins que j'ai en vue dans cet article sont ces tigres à figure humaine, ces monstres à bonnet rouge, qui, en 1793 et 1794, ont peuplé les épouvantables comités de la Convention, les comités et tribunaux révolutionnaires de la capitale et des provinces ; car, à la honte éternelle de *la première* nation du Monde, la France a offert partout, jusques dans les endroits les plus chétifs et les plus reculés, des comités, des sbires, des tribunaux d'assassins, pour la couvrir de cadavres et l'inonder du sang de l'homme innocent et vertueux ; voilà mes jacobins ! J'y joindrai ceux qui regrettent ces affreuses époques, et qui voudraient les renouveler. Si je comparais l'un de ces cannibales à l'animal, symbole de l'attachement, de la fidélité, de la reconnaissance, je croirais écrire un blasphême ; la comparaison serait trop choquante : elle ne pourrait avoir lieu que si le chien était enragé.

Après cette explication franche et précise, ceux qui voudront prendre pour eux la comparaison en sont les maîtres.

Grétry rapporte, dans ses *Essais sur la Musique*, tome 2, page 96, une anecdote assez singulière, mais que je conçois aisément. Après avoir loué le caractère, la fidélité, toutes les qualités des chiens, il ajoute : «Au reste, qui » aime bien est bien aimé. Un de mes beaux- » frères vient de rompre, la veille de ses noces, » un mariage très-convenable, parce que sa fu- » ture voulait qu'il se défît de son chien. *Tout* ». *convient à la citoyenne*, me dit-il, *excepté* » *mon Rocosto : c'est mon ami de dix ans;* » *mon chien mourrait, s'il ne me voyait plus.* » *J'ai fait mes adieux à la dame, et je ne m'en* » *repens pas.* » Je le crois, une femme qui exige impérativement de son futur ce qu'elle sait être un très-grand sacrifice, n'a pas pour lui un attachement bien prononcé; et sous ce point de vue, le beau-frère de Grétry n'a pas fait une grande perte.

J'ai vu des gens prétendre que ceux qui ai- maient beaucoup les chiens, n'aimaient point les hommes; ce qui est aussi conséquent que de dire que celui qui aime beaucoup les côtelettes ne peut pas souffrir les ortolans. Il est assuré- ment bien permis de ne pas aimer les chiens;

on peut même les avoir en horreur, et n'être
pas moins un fort honnête homme ; mais cet
honnête homme-là ne sera jamais mon ami.

FIN.